JN097082

北海道豆本 series46

爪句

TSUME-KU

＠今日の一枚
－ 2020

　「爪句」は写真に付けられたキャプション（説明）の役目をするものである事は何度も紹介してきている。爪句の５７５の俳句形式は爪句シリーズの第１巻から変わっていない。一方、写真の方は四角に切り取られた平面写真から全球パノラマ写真に変わってきている。本爪句集でも多くの全球写真が採録されていて、それもドローン（小型無人航空機）を飛ばしてデータを収集したものが多数ある。

　ドローンの機体の構造上、機体の横下に取り付けられたカメラでは機体の上の天頂部分は撮影不可能で、パノラマ写真合成時に黒く表示される。これは見た目によろしくないので、黒く表示される部分に、別に撮影した写真や画像を貼り込む画像処理法を工夫して用いている。こうすると、写真と一緒に印刷されたQRコードをタブレットやスマホで読み取り、全球パノラマ写真モードで表

示すると、天空に貼り込まれた画像等もよく見える。

　この写真法は、多分「爪句」の形式が新しく編み出された工夫であるように、新しい写真表現法や情報伝達法とみなしてもよいものだろう。この空撮パノラマ写真情報付加法の可能性を感じ、世の中で認知してもらいたい気持ちもあって、日課のように空撮パノラマ写真を撮り、別撮りの写真を貼り込む、手間のかかる作業を毎日のように続けている。その成果が本爪句集にも結実している。

　しかし、この写真法には制約もある。札幌のような大都会の人口密集地では、あらかじめ飛行の許可を国土交通省から得ておかねばならない。飛行させる土地の所有者の許可も場合によっては必要である。このため国土交通省のドローン情報基盤システム（DIPS）のサイトで許可・承認申請を年毎に行っている。前記の工夫した写真法の例を示すため、取得した許可・承認書を空撮写真に貼り付けてみる。飛行場所は自宅の上空である。

　この覚え書きに許可・承認書を貼り付けた空撮

パノラマ写真を載せておくのは、ルール違反の空撮を行っているのではない点をあらかじめ断っておくためでもある。許可・承認に関わる後始末も必要である。3か月毎に飛行日時、飛行場所の報告が義務付けられている。どんな種類のものでも後日の報告は面倒で、空撮のブレーキになる。普通の写真なら撮影したものを整理するだけのところ、空撮パノラマ写真は単純な整理の何倍もの手間がかかる。だがその手間に見合った面白さがあると思っている。

本爪句集は書名にある通り、2020年の1年間を通じて身の回りで起こった印象深かった事柄を、ブログ記事にしたものから選んでいる。従って、一貫したテーマでの爪句集にはなっていない。空撮パノラマ写真を主体にして、テーマを絞り込んだ爪句集に関しては現在構想中のものがある。そのための空撮写真撮影と、天空に写真や画像の貼り付け作業を行っている。本爪句集に続く爪句集として、今年中に陽の目がみられるようにと、日々作業を続けている。

(2020・12・23 撮影)

年内に　許可書間に合い　日の出かな

　庭でドローンを上げて空撮を行うため国土交通省のド
ローン情報基盤システム（DIPS）を利用して１年毎に
申請を行い審査後に許可・承諾書を受け取る。この手続
きに慣れていなくて手間取る。本日やっと取得した許可
書を日の出の曇り空に貼る。

太字の日
　ドローン飛ばした
　　　　記録なり

※爪句ブログのカレンダー（**太字**が収録日）

2020 年 1 月						
S	M	T	W	T	F	S
			1	2	3	**4**
5	6	**7**	8	9	**10**	11
12	**13**	14	15	**16**	17	**18**
19	**20**	21	**22**	23	**24**	25
26	**27**	28	**29**	**30**	31	

2020 年 2 月						
S	M	T	W	T	F	S
						1
2	3	**4**	**5**	**6**	**7**	**8**
9	**10**	**11**	**12**	**13**	**14**	15
16	17	18	19	20	21	**22**
23	**24**	**25**	**26**	27	**28**	**29**

2020 年 3 月

S	M	T	W	T	F	S
1	2	3	4	5	6	7
8	9	10	11	12	13	14
15	16	17	18	19	20	21
22	23	24	25	26	27	28
29	30	31				

2020 年 4 月

S	M	T	W	T	F	S
			1	2	3	4
5	6	7	8	9	10	11
12	13	14	15	16	17	18
19	20	21	22	23	24	25
26	27	28	29	30		

2020 年 5 月

S	M	T	W	T	F	S
					1	2
3	4	5	6	7	8	9
10	11	12	13	14	15	16
17	18	19	20	21	22	23
24/31	25	26	27	28	29	30

2020 年 6 月

S	M	T	W	T	F	S
	1	2	3	4	5	6
7	8	9	10	11	12	13
14	15	16	17	18	19	20
21	22	23	24	25	26	27
28	29	30				

2020 年 7 月

S	M	T	W	T	F	S
			1	2	3	4
5	6	7	8	9	10	11
12	13	14	15	16	17	18
19	20	21	22	23	24	25
26	27	28	29	30	31	

2020 年 8 月

S	M	T	W	T	F	S
						1
2	3	4	5	6	7	8
9	10	11	12	13	14	15
16	17	18	19	20	21	22
23/30	24/31	25	26	27	28	29

2020 年 9 月

S	M	T	W	T	F	S
		1	2	3	4	5
6	7	8	9	10	11	12
13	14	15	16	17	18	19
20	21	22	23	24	25	26
27	28	29	30			

2020 年 10 月

S	M	T	W	T	F	S
				1	2	3
4	5	6	7	8	9	10
11	12	13	14	15	16	17
18	19	20	21	22	23	24
25	26	27	28	29	30	31

2020 年 11 月

S	M	T	W	T	F	S
1	2	3	4	5	6	7
8	9	10	11	12	13	14
15	16	17	18	19	20	21
22	23	24	25	26	27	28
29	30					

2020 年 12 月

S	M	T	W	T	F	S
		1	2	3	4	5
6	7	8	9	10	11	12
13	14	15	16	17	18	19
20	21	22	23	24	25	26
27	28	29	30	31		

(2020・12・27 撮影)

寒き朝　野鳥も起きたり　日の出時

　寒い朝である。朝食後散歩道で日の出を空撮する。遠くに野鳥が飛んでいるが、木の枝に邪魔され上手く撮れない。撮影した野鳥はヒレンジャクやツグミと思われる。クマゲラが白樺らしき木に止まっていて、遮るものがなくこれは上手く撮れた。

(2020・1・1 撮影)

初日の出　諦めて撮る　年始景

初日の出の空撮を計画していたけれど雪の降る
空に陽は見えない。今年の初日の出撮影は諦める。
午前中届いた年賀状の整理。昼過ぎに雪も止み陽
が出たので庭で定点観測の空撮を行う。100m 上空
から見下ろした写真に自分の姿が点のように写る。

餌台に　ゴジュウカラ来て　朝餉かな

昨日餌台をホーマックで購入して庭のオンコの木に取り付ける。今朝雪がちらつく中でガラス戸越しに見ているとゴジュウカラやシジュウカラが頻繁にやって来て餌を咥えていく。餌は麻の実とヒマワリの種で、ゴジュウカラはヒマワリの種を選ぶ。

2020 年 1 月 5 日 (日)

(2020・1・5撮影)

新年や　五日ぶりでの　日の出かな

　札幌での初日の出の写真を狙っているのに、2014
年の元日に撮れたのを最後に初日の出と縁が無い。
今年の元日も天候が悪く初日の出は撮れなかった。
それ以後も日の出が見られず、今朝やっと日の出の
空撮が行えた。今朝の天気予報は雪である。

(2020・1・7 撮影)

ドローン上げ　少雪の年　記録撮

　東の空に日の出の兆候が現れ、朝焼け空が撮れるかと庭の 100m 上空から空撮を試みる。期待したほどの朝焼けは撮れず、日の出前の西野の街の雪景色が広がっている。それにしても今冬は少雪である。例年なら見られる道路脇の雪山が消えている。

クマゲラの　巣作り見つけ　睦月 なり

　巣を作る野鳥は巣のある場所に行くと出遭う機
会が多い。クマゲラが木の幹に大きな穴を穿って
巣作りを行っている。頭の赤毛があまり目立たな
くて雌のようである。この巣に卵を産むのだろう
か。雛が孵ればこの場所でクマゲラを観察できる。

連想は　振袖姿　新成人

　森の道でアカゲラを撮る。頭に赤い毛がないの
で雌鳥である。この野鳥のトレードマークである、
下半身の赤い毛が目立っている。成人の日で、新
成人が成人式で着る、人目を惹く振袖をなんとな
く連想する。それにしても雪の少ない年である。

2020年1月16日(木)

(2020・1・16撮影)

雪降れど　少雪景観　続きたり

　昨夜から久しぶりにまとまった雪が降る。雪かき前に積雪の庭の70m上空から日の出時の景観の空撮を行う。三角山の山裾辺りから陽が昇ってくる。西の空には月が残っていて、パノラマ写真に写っている。今朝の雪でも少雪の景観は続いている。

2020年1月18日(土)

商大の　蔵書となるや　爪句集

　クラウドファンディングの公募中で、活動報告のため小樽商科大学図書館にこれまで出版した爪句集全41巻を寄贈した時のパノラマ写真を処理する。三脚を使わないで撮影した写真の張り合わせ時にずれが生じ、それを補正するのに時間がかかる。

(2020・1・19撮影)

雪ミクや　おたく文化で　痛車あり

「札幌モーターショー2020」の公式アンバサダーは雪ミクでこのイベントを盛り上げているらしい。公式アンバサダーとはどんな役目なのか良く理解していないけれど、このキャラクターが車体に描かれているレーシングカーが展示されていて撮影する。

2020年1月20日(月)

ロゴ入りの
暦いずこに
飛び行けり

(2020・1・19撮影)

　昨日撮影した「札幌モーターショー」のパノラマ写真を整理する。大樹町のインターステラテクノロジズ（IST）社のロケット「MOMO」の実物大のものが展示されている。今年のカレンダーに同社のロゴ入りを制作しており、パノラマ写真と重ねて撮る。

記事を見て
写真を処理し
アダノンキ

（2019・1・8 撮影）

　昨日の夕刊を未だ読んでいないので目を通す。
ビールの注文できる古書店「アダノンキ」の記事。
1年ほど前に爪句集寄贈に同店を訪れていて、撮
影したパノラマ写真を処理する。カウンターに爪
句集とビールがあり、店主の顔がチラリと見える。

武漢市や　昔物理所　今肺炎

　新型肺炎の記事が朝刊第1面のトップに載る。
発生源とみられる武漢市が都市封鎖された。明日早
朝ホテルで7時からの講演会を頼まれていて、偶然
中国科学院武漢物理所でのマイコン講義紹介の予
定。40年以上も昔の中国との研究交流の話である。

（2020・1・25 撮影）

朝起きの　実践者見て　パノラマ撮

　　早朝の講演を頼まれホテルに出向く。土曜日の
朝７時なんて聞きに来る人が居るのかな、と思いな
がら行くと、40名ほどの人が集まっている。札幌
大通倫理法人会の例会である。早起きをモットー
にしていて、これなら早朝の講演もありと納得する。

武漢市や
黄鶴楼も
　封鎖なり

　武漢市で発生した新型肺炎は中国全土に広がっていて、武漢市は閉鎖状態にある。1992年に南京市での学会に出席し、北大の山本克之教授と同道で武漢に飛んだ。武漢の馮功啓先生の案内で黄鶴楼を見学した。その山本先生は既に鬼籍に入られた。

上出来の 風景社印や レーザー加工

　爪句集第42集の校正中で、風景社印を空撮パノラマ写真のクレジットに利用するアイデアの記事がある。レーザー加工の応用例として「eシルクロード研究工房」のゴム印を北科大のH君に制作してもらう。上出来で風景社印プロジェクトを再考する。

全球で 駅見ら「れーる」情報誌

北海道鉄道活性化協議会発行のフリーペーパー「北海道みんなででかけれーる」が送られてくる。誌名の「れーる」は勿論鉄道の「レール」にかけている。同誌に 6 点駅の全球パノラマ写真が採用され、QR コードをスマホで読むと見ら「れーる」。

売る売らぬ　思案のしどころ　相場かな

　先週の土曜日に行った講演会の PP スライドに、ビットコイン（BTC）の定価を爪句集に印刷したものがある。そのスライドに本日の BTC の相場を重ねてみる。相場は 1BTC が 100 〜 102 万円。相場で 0.1BTC 売れば、実行中の CF の目標額に届く。

（2020・2・4撮影）

立春や　少雪の冬　雪積る

　節分が終わり立春の朝。昨夜かなりの雪が降り、
早朝家の周囲の雪かき。雪かき後、庭でドローン
を飛ばし雪景色を空撮する。風が少しあり、高度
を30mに抑えたため、パノラマ写真合成に際して
地上の写真ずれが目立ち、その修正に時間を使う。

2020年2月5日(水)

(2020・2・5撮影)

吐く蒸気 客を隠して ミニSL

　爪句集の再校を出版社に戻すため街に出たついでに、大通公園の雪まつり会場を歩く。新型肺炎で中国人観光客が激減したせいか、例年より見物客が少ない感じ。ミニSLが客を乗せ蒸気を吐き、雪像のトンネルを潜るところをパノラマ写真に撮る。

(2020・2・5 撮影)

雪ミクの 人気の秘密 解せぬなり

　昨日撮った雪まつりの全球パノラマ写真のデータ整理をする。大通 11 丁目会場は毎年雪ミクの雪像とステージが造られ、雪ミクグッズが販売されている。この公式グッズを買い求める客が並んでいる。雪ミクが何でこんなに人気があるか解せない。

2020 年 2 月 7 日 (金)

大翔
(2020・2・7撮影)

図書館に　収まる自著や　爪句集

　北科大の M 教授の研究室を訪問。PayPay を利用した支払い方法などを聞き、キャッシュレス決済に関する四方山話をする。大学生の H 君とレーザー彫刻のデータ処理法について話をする。図書館に寄り爪句集が展示されているところを写真に撮る。

(2020・2・8撮影)

苦心して　投影映写　パノラマ撮

　プロジェクション・マッピングの全球パノラマ写真撮影は難しい。映写の最中は身動きができない程の人が集まる。この状況では 360°カメラを回して写真を撮るのは不可能である。どうやって撮影して合成したかを説明するには紙幅が足りない。

2020年 2月 9日 (日)

(2020・2・8撮影)

満月に 近き月出て 雪まつり

　今晩は満月でその写真を撮ろうと思っていた。しかし、暗くなる頃は雪となる。昨夕大通公園の雪まつり会場で、テレビ塔の横に満月に近い月が出ていた。これをパノラマ写真に撮っていたのでそのデータ処理を行う。交通止めの駅前通で撮る。

（2020・2・8撮影）

月を見て　狩りの時刻と　羽広げ

　　4月に白老町ポロト湖畔に国立アイヌ民族博物館を中核施設としたウポポイ（民族共生象徴空間）が誕生する。それをテーマにした大雪像が大通公園8丁目会場に造られた。羽を広げたシマフクロウの像が、月が見える会場内でライトアップ開始である。

(2020・2・8撮影)

人混みと 夜景で難儀 写真処理

　さっぽろ雪まつり最終日。会場には行かず、先日撮った写真の張り合わせ処理を行う。周囲が暗くなってから始まるプロジェクション・マッピングの写真データを、暗いところで人混みの中の悪条件をクリアして処理し、全球パノラマ写真を得る。

雪宮殿　雪塊となり　祭り後
(せっかい)

　雪まつりも終わり大雪像の取り壊し作業の撮影に出向く。朝早く大通公園まで行ってみると残っているのは２基で、ポーランド広場の解体作業を歩道から撮影する。制作に日数をかけた大雪像であるけれど、壊す時は重機で、短時間で雪の塊になる。

2020年2月13日(木)

報道も
歩道に待機
後祭り

（2020・2・12撮影）

　道新朝刊に雪まつりの来場者が大幅減の202万人の記事。新型肺炎の拡大が影響した。記事の写真は昨日の大雪像の解体の様子で、カメラマンは写真を撮るのに苦労しただろう。報道のカメラが解体作業を撮るため歩道に並んでいるところを撮る。

殻割りを　省略したり　種を呑み

　餌台に細かな粒状の餌を入れると狭い受け皿か
らどんどん餌が地上に落ちる。そこで餌台をベラン
ダに移す。そこにヒヨドリが来て餌を啄む。見てい
るとヒマワリの種を丸ごと呑み込んでいる。カラ類
だと殻を割ってから食べるのにそれを省略する。

(2020・2・8撮影)

繁華街 容器鏡で 映し見る

　アナモルフォーシスと呼ばれる画像や写真の表現方法がある。全球パノラマ写真の表示にも利用できる。全球パノラマ写真を2次元平面に展開して、これに円筒形の反射体を置いて平面写真の鏡像を見る方法である。ステンレスの容器で試してみる。

餌箱で 三種の野鳥 揃い踏み

　ベランダの餌箱にヒヨドリ、シメ、アトリが来て餌を漁っている。野鳥は種類が異なっても激しく喧嘩はしない。力関係は体の大きさにより、ヒヨドリが一番威張っている。シメもなかなか強気の野鳥である。この両者を前にアトリは遠慮している。

(2020・2・25 撮影)

話す間に　写真撮影　披露かな

　爪句集に関するインタビューを受けるため北海道新聞社に出向く。インタビュアーの塚本英輝氏は北大電気工学科を卒業し道新に記者として入社した。筆者の講義を聴いたそうだが先生の方が講義名を思い出せない。クイズツーリズムの話などする。

2020 年 2 月 26 日 (水)

シメを撮り　八方睨み　試したり

　シメを撮ると丸い目玉の中央に黒い瞳が写る。このような目玉は八方睨みになっていて、正面から顔をずらしながら見ると、目がいつも自分の方向を見つめているように見えてくる。八方睨みの龍の絵は耳にするけれど、八方睨みのシメは聞かない。

(2020・2・27撮影)

挑戦の　校是の母校　俯瞰する

　昨日、爪句集寄贈で訪問した札幌新陽高校の雪で覆われたグラウンドでドローンを上げ空撮を行う。同校の校是は「本気で挑戦する人の母校」である。空撮パノラマ写真の天頂部分の写真としてこの校是を荒井優校長が希望されたので挿入処理をする。

(2020・2・29 撮影)

閏日(うるうび)は　外出自粛で　夜が明け

　閏日の今朝は朝焼けが見られたので庭でドローンを上げて空撮を試みる。道新朝刊の第1面は新型肺炎で道知事が緊急事態宣言を出した記事。マスクをつけた知事が記者会見をする写真が載っている。週末の外出自粛要請で、徹底されるだろうか。

処理を終え
暦写真と
比べたり

(2019・5・19撮影)

　今日から新しい月なので自家製カレンダーをめくって3月のものにする。空撮写真は石狩浜の日の出で、同じ日に時刻をずらして撮った未処理の写真データを処理する。カレンダーに写っている石狩川を行く船は既に海に出て船影は写っていない。

ケージ無く　外出自粛　無縁なり

　朝、餌箱をベランダに出すと、薄暗い中でヒヨドリが早々とやって来る。ケージ無しで鳥を飼っているみたいである。鳥籠の中の鳥は、新型肺炎防止のため学校が閉鎖され外出を制限されている生徒や、外出自粛を求められている大人と重なる。

(2020・3・3撮影)

天空に 勢揃いして 雛人形

　今日は桃の節句の雛祭り。老夫婦だけであるけれど習慣的に雛人形を飾る。毎年同じ写真では芸がないかと今朝の空撮パノラマ写真に雛人形の写真を挿入する。鳩だろうか野鳥が3羽雛人形の横に小さく写る。雪模様の曇り空で都心部は霞んでいる。

2020年3月4日(水)

ブロンズは　優勝記念　残りたり

　起業家甲子園で北科大の学生チームが総理大臣賞を受賞したのをインターネット TV で視ていて、「三浦・青木賞」を思い出す。札幌の IT 企業が資金を出した IT アイデア・コンテストで、社会人と学生の優勝者に各 50 万円とブロンズ像を贈った。

2020 年 3 月 5 日(木)

(2020・3・5撮影)

雨雪の　重さに力　入りたり

　北海道は荒天の予報。気温は高いので湿った雪が降っている。雨雪とでも表現したい雪で、水分を多く含んでいて雪かきに力がいる。雪かきを終えて記録のためパノラマ写真を撮る。ドイツトウヒの天辺の梢に野鳥が止まっている。シメのようだ。

雌なれば　マスカラつけて　化粧かな

　　昨日餌箱に来た野鳥の写真を整理していて、シ
メの目の横に長い黒毛があるのに気がつく。横に
付けたマスカラみたいだ。シメは目から嘴にかけて
の黒毛の濃いものが雄、黒毛のあまり目立たないも
のが雌のようで、写真のものは雌のようである。

（2016・3・1撮影）

記事を読み　空港写真　処理し見る

　道新朝刊の第1面に、新型コロナウイルスでイタリア北部の1500万人の移動制限の記事。4年前のイタリア旅行で撮影したパノラマ写真整理の最中で、ミラノマルペンサ国際空港のパノラマ写真を合成する。今頃空港は閑散としているのだろう。

2020 年 3 月 11 日 (水)

(2020・3・11 撮影)

山の日の　登山の記録　天に貼る

　標高 311m の三角山の日と東日本大震災の日が重なる日で、毎年欠かさず登山している。山頂でドローンを上げて空撮。天気が悪く、晴れていれば札幌を一望する景観を撮影できない。三角山の標識と一緒に撮った自分の写真を天空に貼り付ける。

2020年 3月 13日(金)

(2020・3・13撮影)

弥生月　天気も世相も　不安定

　新聞の第1面に WHO のパンデミック表明の記事とオリンピア遺跡で東京五輪の採火式の写真が並ぶ。聖火は走り継がれてもパンデミックで五輪が行われるのだろうかと気掛かりだ。庭で空撮を行い記録のために空撮写真の天空に朝刊を貼り付ける。

（2020・3・14 撮影）

明けの空 興味深人 記事を貼る

　道新朝刊の「興味深人」の欄に爪句集に関連したインタビュー記事。インタビュアーは筆者の北大での講義を聴いたことがある塚崎記者である。新型肺炎や株価暴落の暗い記事が並んでいるのを見て、今朝の庭の空撮パノラマ写真に記事を貼り込む。

雪降りに　スマホで撮りて　マンホール

　　早朝近くの山林を歩くため家を出るが雪が降っ
てくる。写真が撮れず帰宅。これはという被写体
がなかったので家の前のマンホールを撮る。「爪句
@マンホールのある風景―上」に収録したパノラ
マ写真と並べてみる。中、下の取材が残っている。

いつの日か
リターンにしたき
　　　　　画文集

手紙が届く。先日の道新のインタビュー記事「興味深人」を読んで触発され、「文章とスケッチ」にチャレンジしたい旨が書かれている。以前贈った「私のカード画画廊」にも言及されている。手紙の主は新聞等に名前を見る道経済界の重鎮である。

(2020・3・22撮影)

冠雪の　増毛山地も　写りたり

　早朝裏山に行き、日の出時にドローンを飛ばし130mの上空から空撮。冠雪の増毛山地の山々も写る。空撮後、野鳥を探して雪の林を歩く。長靴のつぼ足で所々で深く雪に埋まり、探鳥がままならず。帰り道で撮ったヒヨドリを空撮写真に貼り付ける。

（2020・3・25 撮影）

紙面貼り　五輪延期の　記録かな

　裏山の林の縁で空撮。その後かんじきを履いて林を歩く。野鳥は撮れず、帰宅して新聞の東京五輪の１年延期の記事を読む。記録のため今日の空撮パノラマ写真に貼り付ける。マラソン・競歩は札幌会場が維持されるとあるので来年は見学可能か。

ウイルスや　我関せずと　シメの居り

　連日新型コロナウイルスのニュースで世の中騒がしい。東京都は感染拡大のオバーシュートから首都封鎖のロックダウンの言葉も飛び交う。それでも季節は着実に進み、春の気配が濃厚である。朝食前にふらりと外に出て枝で丸まったシメを撮る。

（2020・3・29 撮影）

元気人　出演番組　最終日

　HBC ラジオの日曜日番組に「ほっかいどう元気びと」がある。フリーキャスターの村井裕子さんがインタビュアーとなって 2011 年から続いている。本日が番組最終日でゲストは川内谷幸恵さん。2018 年 7 月 8 日の出演記事を今朝の空撮写真に貼る。

2020年3月30日(月)

成都から 著名人の死 伝えられ

　スマホの着信音が鳴ったので WeChat を見る。西南交通大学の侯進先生から志村けん氏が新型コロナウイルスで亡くなったニュースが転送されてくる。直ぐに正午の NHK のニュースで確かめる。中国から先に伝えられるとは。コロナウイルスは恐ろしい。

2020 年 4 月 1 日 (水)

(2020・4・1 撮影)

今年また　妻は信じて　四月馬鹿

　裏山の雪の斜面に座って空撮を行っている時、上空を今まで見たことのない大型の野鳥が飛んで行くところを撮ることができた。これはラッキー。首の周囲に白い毛が見える。何の鳥か見当もつかず。誰か心当たりがあれば教えて。今日から４月。

昔住む　町に分身　著書移住

浦河町立図書館からメールで写真が送られてくる。以前に寄贈した爪句集全巻の特集コーナーが設けられたということで、爪句集の他にもスケッチ集等も並べられている。先月3月14日に北海道新聞に掲載された爪句集に関する記事も展示されている。

2020 年 4 月 5 日（日）

CFの　リターンも揃い　支援待ち

　爪句集第43集「爪句@365日の鳥果」出版のための
クラウドファンディング（CF）を公開中である。
リターン（返礼品）として出版予定の爪句集と爪句
集に載せたオオアカゲラの写真のレーザー彫刻
コースターで、北科大のH君に作製してもらう。

2020年4月9日(木)

(2020・4・9撮影)

学生や 挑戦演じ テレビに出

NHK 総合 TV の北海道番組「ひるナマ」で北科大宇宙開発研究同好会を取材した「夢の宇宙へ大学生たちの挑戦」を視る。舞台裏を見ているので番組制作者の視点となる。挑戦の演出が今一。今日の曇り空の空撮写真に番組の一場面を貼り付ける。

コロナ禍の　心配よそに　日の出かな

　　今朝は辛うじて日の出に間に合う。散歩道の小
高い場所に着くと同時ぐらいに太陽が雲の上に現
れる。刻々と円形になってくる陽を撮る。高いビル
がシルエットになって写る。地上に新型コロナ騒動
があっても、この日の出の景観は毎年変わらない。

2020 年 4 月 13 日(月)

残雪や　キツネ狙いて　日の出かな

　　西野市民の森の散策路でキツネを見つける。散策路に接するサクランボ園の残雪のところでこちらを見ているキツネと日の出を1枚の写真に収めて撮る。今朝は気温が低く残雪の上を埋まらず歩いて行けた。残雪の上でドローンを飛ばし空撮を行う。

(2020・4・11 撮影)

コロナ禍は　我が身に及び　豆本展

　新型コロナウイルス感染防止のため道立文学館は今日から休館である。4月11日から始まった豆本ワールドの常設展は月曜日が休館日なので土曜日、日曜日の2日間開いてから長い休みに入った。2日間で片手ぐらいの来館者ではなかったかと予想する。

2020年4月16日(木)

(2020・4・16 撮影)

パノラマに　マガンが写り　ねぐら入り

　札沼線豊ヶ岡駅で列車空撮後宮島沼に寄り、マガンのねぐら入りを見る。暗くなってくるにしたがって、マガンのグループが沼を目指して帰ってくる。岸辺で巨大望遠レンズを構えた撮影者が待機している。魚眼レンズでは鳥影を大きく写せない。

（2020・4・17 撮影）

突然の　最終ランを　撮り得たり

　　廃止予定の札沼線終点の新十津川駅に向かう。
駅前通にパトカーが居て道路が封鎖されている。駅
前を避け列車止めのある空き地でドローンを上げ到
着列車を空撮。夕刊記事にあるように札沼線の突然
の最終ランで撮り鉄の規制が行われたのを知る。

（2020・4・16撮影）

7年半 張り紙変わり 駅舎内

　札沼線の秘境駅豊ヶ岡駅は7年半経っても赤い屋根の木造小屋風の外観はさほど変わってはいない。内部はどうかと今回訪ねた時に撮影したパノラマ写真を処理して、爪句集第29集に印刷したQRコードで読み取った駅舎内をスマホに表示し比べる。

魚の目で　流れに餌を　探すなり

　中の川でキセキレイを見つける。遠くから撮っ
て拡大してみると丸い目を見開いて川の中を窺っ
ている。小魚を狙っているとは思えないので、虫
か何か餌になるものを探しているのだろう。目玉
の部分だけを取り出してみると魚の目に似ている。

2020年4月23日(木)

(2012・9・23撮影)

作者出て　駅名板の　残りたり

　朝刊に廃止となった札沼線の豊ヶ岡駅の駅名板の製作者が名乗り出たとの記事。製作者は恵庭市の佐藤さんで23年前に作り駅舎の玄関のところに掲げられていた。7年半ほど前にこの駅に自転車と一緒に降りてホームで撮った写真と記事を並べる。

(2015・4・24 撮影)

5年経ち　処理の朝焼け　見事なり

　　最近は毎朝のように日の出時の空撮を行っている。以前はドローンが無く、日の出時の地上のパノラマ写真を撮っていた。そのデータが未処理で残っていて、5年も経って思い出したように処理する。朝の散歩道の景観はほとんど変わっていない。

雌を撮り　雄を期待の　オオマシコ

　庭に少し赤味を帯びた野鳥が来ていて何枚か撮る。最初はベニマシコの雄かなと思ったが赤味が足りず冠羽もない。図鑑で調べるとオオマシコの雌のようだ。雄なら赤い体色のかなりの珍鳥である。雌が居るなら雄も期待したいがさてどうなるか。

2020 年 4 月 26 日 (日)

飛ぶ鳥の　紋章のあり　クマゲラ家

　　西野市民の森の散策路でクマゲラが木の幹の巣
穴から顔を出すところを撮る。最初はクマゲラに
注意が集中していたが、巣穴の下に幹の模様があ
るのに気がつく。翼を下にして飛んで来る鳥にも
見える。まるでクマゲラの家の紋章のようである。

2020 年 4 月 27 日 (月)

新芽食む　ウソを見つけて　森の道

　毎年のように庭のソメイヨシノにウソが飛来して
花芽を食べるので、春の桜花が期待できないので
は、と気を揉む。しかし、今年はウソがやって来な
い。森の道で撮った野鳥はウソのようである。首の
周囲の赤色がほとんど見えないので雌らしい。

(2020・4・30撮影)

1年後　コロナ禍渦中　日の出かな

　1年前の今日は平成最後の日でこの年限りの祝日だった。この日の日の出の空撮パノラマ写真を「爪句@今日の一枚―2019」に残す。比較の意味も込めて、今朝の日の出の空撮写真を撮る。1年前にはコロナ禍に見舞われるとは露ほども思わなかった。

2020 年 5 月 1 日 (金)

キレンジャク　八十八夜の　赤だすき

　　今日は立春から数えて 88 日目の八十八夜で「夏も近づく八十八夜」の歌詞が浮かぶ。北海道では春が始まったばかりで夏は未だ先である。朝キレンジャクを撮る。翼に、茶摘み娘が用いる「茜だすき」になぞらえてもよさそうな赤い突起物が見える。

2020年5月4日(月)
みどりの日

(2020・5・4 撮影)

写真法　工夫新たに　花見かな

　庭のソメイヨシノが満開である。従来の写真法なら桜木の傍でカメラのアングルを選択して2次元画像を記録した。空撮パノラマ写真法では上空から拡大したり縮小したりして観賞が可能である。それに従来の写真法によるものを貼り付けてみる。

メジロの目　視力検査の　輪の切れ目

　桜と組み合わせの野鳥はウグイスが最右翼でも、
ウグイスは藪の中で鳴いていて姿はめったに見られ
ない。この点メジロは桜に止まっているのを良くみ
かける。メジロの目の縁取りの白い輪は一部が欠け
ていて、視力検査のパターンを連想する。

陽円が　現れ消える　雲の窓

　今朝の日の出は雲の作る隙間に現れる。雲の窓
から昇る太陽に、カメラを構えている自分が見られ
ているようである。肉眼では眩しくて太陽の円形が
見えないけれど、写真に撮ると陽円がどんどん変
化していく。コロナ禍の GW の最後の日である。

桜花　今が見ごろで　日の出空

　　日の出時の桜花を撮るのが難しい。日の出の空
に焦点を合わせると近くの桜は暗くなる。桜花に焦
点では日の出空はボケる。日の出の空は 1 年中撮
れても桜は今の時期しか撮れないので、桜を主役
にして撮ってみる。満開の桜は今が見ごろである。

2020年5月8日(金)

（2012・9・22撮影）

廃止駅　記事を目にして　写真処理

　道新朝刊に「札沼線　静かに廃止」の見出し記事。廃止区間の新十津川—北海道医療大学の駅巡りで撮った写真が未処理である。その中の於札内駅のパノラマ写真を処理してみる。駅名標とホームの待合室正面の年季物の駅名板も撤去されただろう。

ヒヨドリや　花よりリンゴ　朝餉かな

　ヒヨドリが桜の花を啄むのを見かける。花の蜜を
狙っての行動なのだろう。ヒヨドリが桜の花を啄む
場面を撮ろうしても、近くにリンゴが置かれていれ
ばこれはもう花よりリンゴである。観鳥のためとは
言え、リンゴ代も馬鹿にはならないだろう。

母の日や　贈花撮る人　横で撮り

　母の日で家人宛てに花束が届く。家人は早速贈り主に写真を送ろうと、テーブルの上を片付けあれこれと花束の写真を撮る。テーブルの隅に追いやられて撮影作業を横目でみながらその様子を1枚撮っておく。構図は気にせずただの記録写真である。

(2011・11・14撮影)

「楡影寮」碑文字揮毫(きごう)の 人が逝き

　道新朝刊に元北大学長中村睦男先生の訃報記事。先生には北大構内に建立した楡影寮記念碑の揮毫をお願いした。筆字が下手だとしぶられたのを説得して書いていただいたのが思い出される。記念碑のパノラマ写真を爪句集第23集に載せてある。

2020 年 5 月 15 日(金)

コロナ禍で　不要不急と　支援無し

　道新朝刊にクラウドファンディング（CF）の宣伝
が出る。CF の返礼品の爪句集は現在印刷中で今月
中に出版の運びである。その爪句集の校正画面と
CF 宣伝紙面を並べ記録用に撮る。コロナ禍で不要
不急の企画とみなされたか支援の通知が来ない。

連想は　母衣に武将と　クマガイソウ

クマガイソウの花が開き出した。ラン科の花に見られる唇弁から、戦いに際しての武士が身につけた母衣、そして武将の熊谷直実と連想して花名になったとは連想の連続である。花の背後にサツキが写る。今年はコロナ禍でサツキ展は中止となる。

髭活か　マスクせぬ野鳥　初撮影

　道新朝刊のコラム「卓上四季」で、マスクの生活でマスクに隠して髭を生やす「髭活」が行われている話題を読む。西野市民の森の散策路で髭を蓄えたように見える見た事のない野鳥を初めて撮る。帰宅して調べるとエゾライチョウの雄鳥である。

(2020・5・20 撮影)

写真処理 終えて観賞 茜空(あかね)

　目が覚めると窓の外の空が赤い。朝焼けの空撮を狙っていたので、身支度もそこそこに庭に出てドローンを上げて撮影。朝焼け空を強調すると下界は暗くなり、パノラマ写真の貼り合わせ処理が上手くゆくかが心配で、景観の観賞もそこそことなる。

ムシクイや 嘴(くちばし)の色 決め手なり

久しぶりに宮丘公園の遊歩道を歩く。野鳥の囀りを耳にして何枚か撮る。帰宅して調べるとセンダイムシクイらしい。似た野鳥にメボソムシクイやエゾムシクイがいて迷う。嘴の上部分が暗褐色、下部分が橙黄色とあるのでセンダイムシクイにする。

2020 年 5 月 29 日 (金)

（2020・5・29 撮影）

雲カーテン　上がれば一日の劇　開始なり

　朝焼けを期待したけれど期待通りにはならず。それでも日の出の空を空撮する。上空の厚い雲から下に雲が垂れ下がり雲のカーテンのように見えている。この雲のカーテンが上がって朝日が現われ一日の始まりである。5月も終わりに近づいている。

（2020・5・30 撮影）

コロナ禍に　負けて閉じたり　勉強会

　曲がりなりにも 14 年間続いてきて 15 年目に入ったところで勉強会「e シルクロード大学」を閉じる事にした。コロナ禍で無料で借りていた会場が今後使う見通しが立たないためである。これが潮時かとも思うが、人の死のように終わりはあっけない。

喘息（ぜんそく）に
効くと言われて
ズダヤクシュ

　西野市民の森を早朝散歩。中の川の近くで草丈の低い白い花の山野草が隠れるように咲いている。近寄ってスマホで撮影し、帰宅して調べるとズダヤクシュである。「ズダ」とは喘息で、これに良く効くという事から命名された薬草（薬種）である。

早朝に　互いにフリーズ　鹿と我

散歩道で鹿に出くわす。遠くからカメラを構える。こちらが動かないと鹿も動かない。二頭とも新しい角が生えてきているので雄鹿だろう。大きいのと少し小さなペアで父と仔なのだろうか。あるいは兄弟。鹿の生態には詳しくなく正確な事は分からない。

2020年6月4日(木)

（2020・6・4 撮影）

3時台　街の灯も消え　日の出前

　日の出の時刻が3時台に突入している。庭で日の出前の景観を空撮する。空撮パノラマ写真に組み合わせる野鳥の写真がないので、空撮を行っているドローンの写真を、陽が昇り始めようとしている空に貼りつける。空撮時は100mの上空に機体がある。

赤々と　漏れる朝日や　クレマチス

フェンスにクレマチスがからみついて咲いている。花の間から日の出が見えるので直射光を花で遮るようにして撮る。クレマチスは蔓性であるため支えが必要で、フェンスを利用しない場合、支柱や庭木を支柱代わりにする必要があり、手間がかかる。

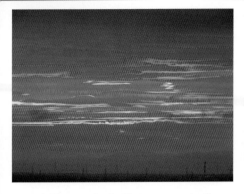

縦横の　線分競う　日の出景

　早朝は雲が厚く写真が良く撮れないだろうと日課の散歩は取り止め。少し明るくなっても日の出の見られない空をベランダから撮る。雲は水平な光の線を描き、暗く写っている地平には送電線や煙突の垂直な線分が見える。横と縦の線が競っている。

(2020・6・7撮影)

今年未だ　カラス襲撃　遭わぬなり

　　曇り空で写真を撮るのに適していない朝なので
散歩は近場で済ます。空撮は行うけれど天空に貼
りつける野鳥が撮れない。しかたがないのでカラス
を撮る。嘴をみるとハシブトガラスのようである。
今年はカラスに襲われる経験を未だしていない。

養った　ダニを除いて　誕生日

　1週間前に首のところに血豆のようなものが出来てたが何だろうか、と家人が言ってくる。ダニかも知れないけれど素人処理は危険かなと様子見。その後1週間して家人の誕生日に毛のようなものが見えるので指で除く。写真に撮るとダニらしく驚く。

蟬時雨（せみしぐれ）
鳥果に代えて
コケイラン

　クマゲラの雛鳥が巣穴から顔を出すのを期待して西野市民の森に行くが出遭えず。他の野鳥も蟬時雨の中では囀りも消されて見つける事ができない。野鳥撮りはあきらめ足元に注意して歩きコケイランの新しい株を2株見つけ、鳥果の代わりにする。

（2020・6・12撮影）

空撮で　写せぬ空や　飛行機雲

　空に飛行機雲が現われている。これを空撮した
いのだが、ドローンのカメラはその上にある機体
が邪魔になり天空部分を写せない。仕方がないの
で地上で撮影した飛行機雲を空撮パノラマ写真に
貼り込んでみる。当然ながら不自然な写真になる。

目立たせば　摘まれる心配　サイハイラン

　日課の早朝散歩は西野市民の森の散策路を選ぶ。
251峰で見つけたサイハイランが山道脇に咲いてい
る様子を撮る。撮影の邪魔になる笹葉を少しよけ
る。サイハイランは目立つようになったけれど、歩
く人に見つけられ摘まれてしまう心配が残る。

米旅行
同期の逝きて
写真見る

私のなかの歴史
サッポロバレーを育てて

　北海道工業大学（現道科学大学）の教授だった鈴木勝裕君の訃報が届く。同君とは北大電子の修士課程で同期だった。北海道新聞夕刊の連載記事「私のなかの歴史」に載せた、マイコン技術の視察でアメリカ西海岸を旅行した時の同君の写真を見る。

梅花藻の　咲く季節なり　川の道

　朝の散歩時に中の川沿いを歩く。流れのなかに
白い花が見える。梅花藻である。この花が咲くの
は清流の証明である。近寄って撮ったけれど、花
の白さで形が飛んでしまう。これからさらに花数が
増えてくるだろうから、その時又撮るつもりでいる。

2020年6月19日(金)

(2016・10・19 撮影)

廃路線　コロナ禍ありて　秘湯休業

　道新夕刊にJR札沼線の石狩金沢駅近くにあった「開拓ふくろう乃湯」が無期限休業の記事。札沼線廃止とコロナ禍に直撃されたとある。営業されていた同駅の空撮パノラマ写真を撮っていて、黄葉に囲まれた池のあるこの秘湯の建屋が写っている。

親ガモの　用心深さ　仔ガモ真似

　中の川でカモの親仔が川岸の草陰にいるのを見つける。仔ガモは3羽である。カラスに狙われるので用心に用心を重ねて流れに乗って泳ぐ事を避けているようである。仔ガモも自由に泳ぎたいところだろうけれど、親鳥の慎重さに右倣えである。

(2020・6・23撮影)

ネット処理　やったと叫ぶ　我はモズ

　　コロナ禍で在宅勤務が流行っている。勤務ではないけれど、PCの利用法に関しY氏からのメールの指示を実行してみる。確認のため今日撮った空撮パノラマ写真に、別撮りのモズの写真を貼り付けたものを、自宅の別のPCから契約サーバに書き込む。

CFの
広告助っ人
エゾライチョウ

　北海道新聞朝刊に現在公開されているクラウド
ファンディング（CF）の広告が載る。来月出版予定
の「爪句@西野市民の森物語り」の出版費用の支援
を募っている。宮丘公園・中の川をテーマにした類
似の既刊爪句集第 26 集と広告の部分を並べて撮る。

コロナ禍や　技術革新　早めたり

　コロナ禍で企業は在宅勤務、大学は on line 授業
と世の中劇的に変わりつつある。当方も on line 講
義ぐらいは出来なければと Zoom システムの手習
いである。北科大の客員教授でアカウントを設けて
もらい、同大の H 君に使い方の手ほどきを受ける。

2020 年 6 月 30 日(火)

（2017・11・2 撮影）

学長の解任を知り写真見る

　道新朝刊第 1 面に「北大学長解任を通知」の記事。
北大職員に叱責などを行ったパワハラ問題によるも
のである。詳しい経緯は全く知らないので何とも言
えないけれど、叱責で解任かと思う。名和学長は
爪句集第 35 集にパノラマ写真で登場している。

大雪の
縦走記憶
暦かな

たいせつ

（2015・8・2撮影）

　　今日から７月。私家製のカレンダーをめくり７月にする。大雪山を旭岳から黒岳まで縦走した時に途中で撮影したパノラマ写真を採用した。この時のデータで未処理のものを探して処理する。５年前の登山で、現在は同じコースを辿る自信がない。

再校を片付けねばと紙面撮る

　北海道新聞朝刊に公開中のクラウドファンディング（CF）の2回目の案内が載る。このCFの返礼品となる爪句集の再校が丁度手もとにあるので記事と並べて撮る。新聞に宣伝が載っても新たな支援者はほとんど期待できないが、著作の宣伝にはなる。

On line 世の流れなり 初体験

京都大学院大学の on line 講義をメディア・マジック社の社長室で行う。PowerPoint のデータを画面に示しながら講義を進めていく。聴講の学生達の顔が画面に表示されないので、反応が分からない。講義を行っている様子を里見社長に撮ってもらう。

雨粒と　落ちて心中　夏椿

　昨夜は激しく雨が降るのをところどころ寝ぼけた状態で覚えている。今朝は雨が上がったけれど散歩には行かず、ガラス戸越しに庭の夏椿の花を撮る。白い花弁に雨粒が残っている。一日花なので、雨粒と同じように夕方までには落ちてしまう。

注文に　はまったように　月と野鳥(とり)

　西野川の上流まで散歩する。見晴らしの良い場所にある木の天辺のところに大型の鳥が羽を休めている。チゴハヤブサである。背景に月が写る。住宅地の近くでチゴハヤブサを撮るのはめったにないのに、月とのツーショットの得難い写真となる。

(2020・7・10撮影)

空撮日　納豆の日と　語呂合わせ

　ドローンの使い方の確認で、庭で空撮とパノラマ写真処理を行う。今朝撮った日の出の太陽を日中の空撮写真に貼り込んでみる。やはり奇妙な写真となる。地上部分は写真のつなぎ合わせが上手くいっている。今日は語呂合わせで納豆の日である。

(2020・7・11 撮影)

ウイルスの　円形置換　円湖かな

　連日テレビで禍々しいコロナウイルスの円形を見せられている。そこで大自然の円形を撮影するための気晴らし小旅行を決行。同行者はF工業のF社長に社員のY氏。札幌の出発時の天気は曇りだったけれど、現地では日が出て良い写真が撮れた。

2020年 7月 12日(日)

(2020・7・11 撮影)

ウポポイの　存在彼方　写真処理

　道新朝刊第1面記事に国立博物館ウポポイ（民
族共生象徴空間）が今日開業との記事。昨日ウポ
ポイの建物を遠くに眺めて撮ったポロト湖のパノラ
マ写真を処理し、記事と並べる。年間来場者数100
万人の目標で、将来その中の1人となるのだろうか。

早朝に　煙を撮りて　水彩画

　地表とその上の水平になった雲の間が明るく
なっていて、明るい部分がキャンバスのように見え
ている。キャンバスに描かれているのは煙突から吐
き出された煙が切れ切れになって消えていく早朝
の風景である。写真というより水彩画のようである。

2020年7月16日(木)

（2020・7・16 撮影）

コロナ禍や　同名菓子を　買い求め

　コロナの名前の商品はこのコロナ禍のご時世でどんな影響を被っているだろうか。千秋庵の菓子に「北国のコロナ」というのがあり、街に出たついでに買い求めた。話題性で買っていく客が増えたのではなかろうか。千秋庵のビルは大きく変わった。

(2020・7・17撮影)

カタツムリ　想像絶する　鳥瞰景

　ドローンを100m上空に飛ばして朝の景観を撮影する足元で、カタツムリが移動しながら軌跡を地面に残している。鳥瞰図の景観を記録するドローンと地面の数センチしか見ていないカタツムリ、高速移動の飛行体に動きのない虫と対比が際立つ。

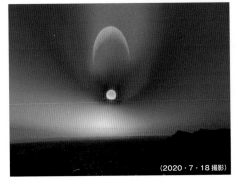

(2020・7・18 撮影)

空撮や　昇る朝日に　欠ける月

　日の出前の空にもう少しで新月を迎えようとしている月が消えそうに見えている。この状況を空撮パノラマ写真に撮れるものかと撮影を試みて失敗。月は別撮りで空撮パノラマ写真の天空部分に貼り付ける。ついでに昇ってきた陽も加えてみる。

(2019・3・25撮影)

記事を読み　暦の校舎　眼下見る

　道新の「記者の視点」のコラムに室蘭市にある旧絵柄小学校の円形校舎の保存に関する記事が載る。校舎の保存のためクラウドファンディング(CF)を行った時支援をしていて、校舎の空撮パノラマ写真を撮って今年のカレンダーを制作している。

（2020・7・21 撮影）

朝焼けを　捉えて撮りて　十数分

　家人から声が掛かって跳び起きる。窓の外に広がる朝焼けが見事である。めったに見られない朝焼けを逃すものかと数分で身支度してドローンを抱えて外に出る。自宅庭で100m上空にドローンを上げパノラマ写真を撮る。家々が赤く染まっている。

梅花藻や　藻草の作る　水面縞
（ばいかも）（もぐさ）（みなも）

　　中の川に咲く梅花藻を土手道から見下ろす。藻
草が水中にあって、流れを乱すせいかカメラの向き
では水面に模様が現われ、写真に写るのが面白い。
時たま小魚が跳ねるのだがこれは撮れない。梅花
藻の花は長い期間咲いていて写真を撮り楽しめる。

(2020・7・25 撮影)

連休は　庭空撮で　過ごしけり

　ドローンを20mの高さに上げ庭の様子を空撮する。家人が少しばかりの畑の手入れをしていて、ズッキーニやカボチャの黄色い花が見える。キャベツやナスビも見える。キュウリの葉は見えても花は小さくて見えない。野菜の花を天空に貼り付ける。

時を訪ねて

1990年代

捨てられる物 実は価値

レトロスペース・坂会館

（2011・11・18撮影）

爪句集
パノラマ館内
クイズなり

　道新の日曜版「時を訪ねて」にレトロスペース・坂会館の記事が載る。この私設資料館には何度も足を運んでいる。爪句集も寄贈していて館内に置かれている。2019年8月出版の「爪句＠クイズ・ツーリズム」にある同館のパノラマ写真を探し出す。

（2020・8・1 撮影）

コロナ禍や　自宅で確認　花火かな

　コロナ禍で今年の札幌市での観客を集めての花火大会は中止となる。その代わりに札幌市の各区で花火を上げ、自宅から見る花火大会の告知が新聞に載る。自宅庭でドローンを上げて花火が撮影できるか試してみる。月の下に花火が小さく写る。

広告で
目標達すか
6千円

　日の出を空撮する。日の出時刻は4時半になって
いる。道新朝刊に爪句集出版のクラウドファン
ディングの案内が出る。これまで目標額の94％ま
で達し、後6千円で目標額に到達する。新聞の宣
伝効果はいかに、である。爪句集は先月末出版済み。

(2020・8・6撮影)

天空で　野菜マルシェを　開きたり

　我が庭の菜園で採れる野菜類の写真を撮る。これらの写真を空撮写真に貼り付けて残すため、庭上空からの空撮を行い処理する。ズッキーニ、トマト、カボチャの写真を貼り付けることができた。ナスビ、キャベツ等は貼り込むスペースがなかった。

2020年8月7日(金)

(2020・8・7撮影)

珍しき　水平虹を　撮り調べ

　空にほぼ水平に見える虹が現われている。あるいは環水平アークかとドローンを飛ばし空撮を行う。環水平アークなら太陽の方向に現れるのに、太陽を背にして見えているので虹だろう。しかし、水平に近い形の虹であまり目にした事はなく珍しい。

2020年8月8日(土)

米中の　覇権争い　身に及び

　朝刊に、アメリカ国内で中国のIT2社と取引禁止の大統領令にトランプ大統領が署名した記事が載る。その1社はWeChatである。WeChatに研究室の交流サイトを設けていて、アメリカの影響で日本でもこのアプリが使用できなくなる懸念が湧く。

この川に　カワセミ居るか　初撮影

ポストに郵便物を投函しに行く。帰り中の川のところで青っぽい野鳥が飛んで来て遠くから撮ってみる。拡大すると太い真っすぐな嘴が写っている。胸から腹にかけ茶色で首筋に白斑がある。頭や背中の青色がはっきりしていればカワセミなのだが……

山の日や　峰と名の付く　場所を行き

　山の日で三角山にでも登ろうかとも思った。しか
し、新聞の天気予報では雨になりそうなので西野
市民の森の251峰を通って歩く。251峰で出版した
ばかりの「爪句@西野市民の森物語り」を撮るつ
もりが「爪句@365日の鳥果」と間違えてしまう。

2020年8月13日㈭

(2012・12・13撮影)

日高線　臨終迎え　遺影なり

　道新朝刊第1面に「日高線来年3月廃止へ」の記事。2015年1月の高波被害で不通になっていた同路線は紆余曲折の末廃止と決まる。高波被害前に同路線のパノラマ写真撮影の取材を行っていて、未処理の写真が残っている。荻伏駅を処理する。

朝空で　天気占う　盆中日（なかび）

　盆の中日。窓の外の日の出の空を見て今日の天気を占う。新聞の天気予報欄には午前中雲マーク、午後は傘マークになっているけれど、この予報あたるかどうか。ベランダから電線を避けたアングルで、雲が朝日に輝くモエレ山方向の写真を撮る。

2020年8月16日(日)

認知症
ディスクが先に
罹（かか）りたり

　爪句集出版のクラウドファンディングが目標額
に達した。ここまでは良かったのだが撮影した写
真データ等を格納していたディスクが読み出せな
くなった。これは今後の仕事にかなり致命的で、
バックアップも取っていないので茫然の態である。

(2020・8・21 撮影)

空撮後　肌に寒さを　感じたり

　日の出の空が赤く染まっている。急いで庭に出て空撮を行う。空撮を終えて緊張感がなくなると肌寒く感じる朝である。空撮写真の他にも地上から撮った写真を空撮パノラマ写真の天空部分に貼り付ける。朝焼けの写真が重なり過ぎたかもしれない。

赤き空　寒さ感じて　日の出前

　　今朝の空も朝焼けが見られた。遠景の山塊がシ
ルエットになって、赤く染まった空の境界になって
いる。ドローン下 100m に広がる未だ暗い街の街灯
が輝点になって写っている。日の出前のこの時刻で
は寒さを感じるほどの気温だが、これから暑くなる。

春に撮り　処暑にも撮りて　エゾライチョウ

　久しぶりに朝の散歩で西野市民の森を歩く。音がして大型の野鳥が目に留まる。木の葉が邪魔をして上手く撮れない。どうにか撮った写真を拡大してみるとエゾライチョウのようである。以前にもっと良く撮れたものは爪句集の表紙に採用している。

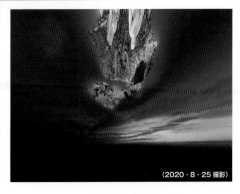

（2020・8・25 撮影）

スタジオは　251峰　自撮りかな

　自宅庭で日の出前の朝焼けの空撮を行ってから西野市民の森に出掛ける。今朝は251峰のところでドローンを飛ばして自分の顔写真を撮る。CFのサイトに載せるためのもので、顔がはっきりしないので、セルフタイマーで撮った写真を使うことにする。

(2020・8・28 撮影)

出遭うのは 朝日のみなり 森の道

　最近は空撮パノラマ写真ばかり撮っていて地上
でのパノラマ写真撮影とはご無沙汰である。今朝
は西野市民の森の 251 峰のところでパノラマ写真
を撮る。爪句集を木の幹の標識の上に置いてみた
けれど、小さくて写真ではほとんど認識できない。

(2020・8・29 撮影)

辞任記事　目にし天気は　下り坂

　朝刊第1面に安倍首相辞任表明の記事。持病再発で職務困難が理由とある。新聞にざっと目を通してから朝の散歩に出掛け、途中で空撮。午後から雨になる予報で、雲間から漏れてくる朝日を撮り、空撮写真の天空部分に貼り付ける。鳥果は無し。

雨降りや　CF画面　散歩かな

朝から雨で散歩に行けず。9月に入れば新しく
クラウドファンディングの公開を予定している。
「爪句＠クイズ・ツーリズム―鉄道編」の続編を
出版する予定でその資金集めである。爪句集出版
のための原稿整理で今日1日が終わりそうである。

コロナ禍に　急かされCF　爪句集

　月始めを期してCFの公開を行う。爪句集第45
集出版の支援を求め、いつものようにfind Hで行っ
ている。クイズ・ツーリズムの鉄道編の続編である。
昨日の道新にコロナ禍でJRの路線存廃議論が急加
速の記事があり、爪句集出版も急がねばと思う。

(2020・9・2撮影)

月の入り　オリオンと撮る　誕生日

　昨夕満月一夜前の月の出を撮っている。日が変
わってから少し早めに起きて月の入りを空撮する。
オリオン座も見えている。これは空撮では写らな
いので手持ちのカメラで撮った夜空を空撮写真の
天空部分に貼り付けてみる。誕生日で79歳になる。

収穫や　どんな味かと　カボチャ撮る

　　天気が良くないのと爪句集の原稿整理で時間が
取られ、朝の散歩に出掛けず。庭の菜園で収穫し
たカボチャの写真を撮る。違った種類のカボチャの
苗を植えて、全部で4個の収穫である。さてどんな
味がするか。今年もそこそこ野菜の収穫があった。

朝日に透けて　薄布で作る　花を撮る

　　庭に出てコスモスを撮る。風があって細い茎の
　上の花が揺れる。飛んでいるトンボを撮るような感
　じである。薄い色の花弁が朝日を通して透けた布
　のようにも見えてくる。夏日予報でもコスモスが咲
　くと、すぐそこに秋が来ている感じが強くなる。

台風の　ニュース耳にし　撮る日の出

　沖縄や九州は超大型台風が近づいているというのに札幌は好天の朝を迎えている。庭でドローンを上げて陽が丁度雲の上に出るところを撮る。自宅の周囲が家で囲まれるようになってきては、日の出の撮影はドローンに頼る事が多くなってきた。

(2020・9・7 撮影)

寝る前に　蝶の写真の　整理かな

　クサフジウツギの木花にキアゲハが止まってい
るのを撮る。翅が欠けたヒョウモンチョウもいる。
蝶が撮れたので庭でドローンを上げ空撮写真を撮
り、天空部分に蝶を貼り付ける。暑かったので朝
の散歩はほんの少し歩いただけで運動不足である。

キジバトや　瞳に反射　朝日かな

　最近は朝に山道を歩いていても鳥果はさっぱりである。鳥果を期待しないで自宅近くの道をカメラを手に歩いているとキジバトに出遭う。何枚か撮って、野鳥の赤目に黒い瞳が朝日を反射して写っているものを選び出す。久しぶりの鳥果である。

（2020・9・9撮影）

偶然が　奇跡生み出し　花を撮る

　　全球パノラマ写真は状況を説明するのに都合の
良い写真法である。土留めの塀とアスファルトの歩
道の隙間に種が落ちコスモスが咲いている状況を
記録に撮っておく。偶然がもたらした奇跡のような
花である。朝日で撮影者の影が長く伸びて写る。

ツユムシや　ピーマンと競う　緑色

　時折小雨。朝は涼しくなり気温は 10 度台まで下がる。庭に出てピーマンをもぎ取ろうとすると地面に虫が落ちる。ツユムシの仲間らしい。雨では動きも鈍くなる。今年は 2 株のピーマンからの収穫が多かった。家人の話では結構の値段の野菜である。

2020 年 9 月 16 日 (水)

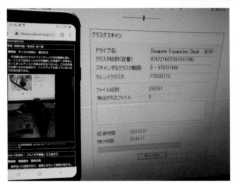

連続で　パソコン稼働　二十日間

　丁度 1 か月前に外付けのハードディスクが読め
なくなり、F 工業の Y 氏にレスキューをお願いした。
作業途中経過の画面にはスキャンするクラスタ総
数約 9 億 7 千万（3.8 テラ）で 450 時間以上の推定
処理時間が表示されている。恐ろしい数字である。

青紫色 美しき虫 初見なり

　西野市民の森の散策路で見慣れない虫に出遭う。
写真を撮り帰宅して調べてメノコツチハンミョウと
同定する。胴体部分にくびれがあるので雌らしい。
それにしても体の青紫色は美しい。毒性のある体
液を出すので触らないようにとの注意を読む。

(2020・9・20 撮影)

布部駅　屋根青々と　彼岸かな

東京から鉄道ファンの W 氏が来札するのに合わせ、鉄道の空撮を行う小旅行を F 工業 F 社長から伝えられる。同社の Y 社員も加わり総勢 4 名で道央方面に向かう予定が、F 社長は今朝急病ということで不参加。残りの 3 名で布部駅から撮影を開始する。

2020年9月21日(月)
敬老の日

(2020・9・21 撮影)

天の橋　地上の橋と　並びたり

　留萌線の留萌市峠下駅と沼田町の恵比島駅の間にあるΩカーブを通過する列車の空撮を行う。撮影が終わり高速道路で深川に向かって走っていると沼田町の雨竜川を渡るところで車窓から虹を撮影する。高速道路の橋、鉄橋、虹の橋が並んで写る。

(2020・9・20 撮影)

鉄橋の　列車狙いて　金山湖

　昨日までの鉄道空撮旅行で撮影した大量の空撮写真データの処理にとりかかる。空知川を堰き止めてできた人造湖の金山湖の水路の狭い部分に根室本線の鉄橋が架かっている。ここを1両の列車が通過する時を狙って撮影しパノラマ写真に組み込む。

リスを撮り　栗を拾いて　成果なり

　　新聞記事に北海道は荒れ模様とあるけれど札幌は雨上がりの穏やかな天気。山道を散歩してリスを撮る。周囲が暗いせいかピントが甘い写真である。今のところリスは餌には困らないだろう。地に落ちた毬が弾けて顔を出した栗を拾って帰宅する。

寒き朝　スズメ朝シャン　しばし見る

　曇り空の朝、自宅から山道を回り5千歩ほど歩く。リスにも野鳥にも遭わず。キノコ狩りをしている人に会う。採っているのは落葉ダケだそうである。キノコを採って食べる趣味はなく、相手の収穫物を見もしなかった。自宅近くでスズメの水浴びを撮る。

久しぶり　ゴジュウカラ撮り　新カメラ

新しく 300mm 相当の望遠レンズに対応するズームレンズを持ったデジカメを購入して試写に出掛ける。野鳥を探して久しぶりにゴジュウカラを見つけて撮ってみる。ピントが合うと拡大しても鮮明な野鳥の姿が写っている。重いだけの価値はある。

オンライン　画面に並ぶ　同期顔

　北大電子１期生の同期会をオンラインで行う。参加者は１３名で最初に近況報告を行う。ドローンの空撮を行い爪句集やカレンダー制作を続けている話などをする。投資を研究してきた同期生の話もあった。皆高齢なので健康や病気の話が多かった。

（2020・10・3撮影）

東空　赤い月出て　神無月

　満月は昨夜だったけれど月は見られなかった。
今夕は時折雲が月を隠すけれど満月に近い月を撮
影する事ができた。庭でドローンを上げての空撮
では、月が小さくしか写らないので拡大して撮影し
た月を、空撮写真の天空部分に貼り付けてみる。

(2020・10・5 撮影)

気の急くや　消えゆく虹を　急ぎ撮り

　窓の外を見ると虹が出ている。これは空撮せねば
と急いでドローンを持って庭に出る。虹は消えか
かってきている。ドローンを 50m の上空に上げ空
撮開始。一周データを撮り終える頃には虹はほぼ消
えている。気象現象の撮影は時間との勝負である。

2020年10月6日(火)

(2020・10・6撮影)

栗拾い　リスクルミ食（は）み　秋を撮る

　雲の隙間から朝日が差し天使の梯子が現われる。空撮を試みるが思ったほど光の筋ははっきり写らない。その後、西野市民の森の251峰まで散歩。栗を拾ったり、朴の実を写したり、リスがクルミの実らしきものを食べているところを撮って帰宅する。

(2020・10・7 撮影)

パソコンや　機能回復　安堵かな

　パソコンのネット接続の調子が悪くどうしたものかと日の出の空撮を行う。その後朝食を摂り森の道に出掛ける。帰宅してから期待もせずパソコンの様子を見ると元通りになっている。これで仕事ができるので空撮写真に朝景色や庭の花を貼り込む。

2020 年 10 月 9 日(金)

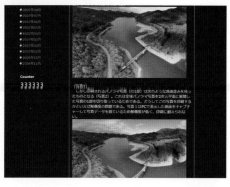

〔写真1〕しかし印刷されるパノラマ写真（の1部）は次のような湾曲歪みを持ったものとなる（**写真2**）これは全体パノラマ写真を2次元平面に展開した写真の1部を切り取っているためである。どうしてこの写真を印刷するとはいえ以下解像度の問題である。写真1はPCで表示した画面をキャプチャーして写真データを縮小しているため解像度が低く、印刷に耐えられない。

カウンター　3が並びて　ゾロ目かな

　ふと気がつくとブログのカウンターが3のゾロ目に近づいている。それならゾロ目になった画面を取り込まねば、とブログ画面の更新を行い6桁の3のゾロ目 333333 を記録するのに成功する。他愛のない事とはいえ、当事者としては満足である。

2020 年 10 月 11 日(日)

ポケットサイズ"民党"とは！？

ドローン見て　記念撮影　留萌線

現在 ACTNOW 社のクラウドファンディングで
2021 年用空撮パノラマ写真のカレンダー出版プロ
ジェクトを公開している。応募者プロフィール写真
は 9 月下旬に留萌線の列車撮影終了後に撮った写
真で、同行の東京からの W 氏と札幌の Y 氏が写る。

（2020・10・16 撮影）

紅葉に　虹も加わり　日の出かな

　　雨上がりの朝の日の出を空撮する。日の出の位置はどんどん南にずれて来ている。西の方角の山の紅葉が進み色づいていて、朝日がさらに赤く染めている。虹が少し現れているのが写る。今朝の道新朝刊には昨日手稲山に初冠雪があった記事が載る。

(2020・10・18撮影)

天然を　演出したり　島入江

　朱鞠内湖は雨竜第一ダムによって出来た人造湖である。しかし、湖畔に立って眺めると島や入江が重なって見え天然の湖のようである。ドローンを飛ばして上空から見ると複雑な地形が一層強調される。曇り日でも黄紅葉が目を楽しませてくれる。

(2020・10・19 撮影)

裏山で　紅葉見せて　斑かな
（まだら）

　　昨日の道北方面の空撮の１日旅を終え今朝から
またいつもの日常である。日の出を庭で空撮して、
家の近くの雑木林でアカゲラを撮り、朝食後再度
短時間の散歩でリスを撮る。裏山の紅葉も緑の中
にまだら模様を見せている。10月も下旬に入る。

アカゲラや　今朝の歩きの　鳥果かな

　朝食後森の道を歩く。アカゲラが目に留まったので何枚か撮る。木の幹の上を移動する鳥なので、一度見つけると撮影し易い野鳥である。黄葉が進んでいてもう１か月もすれば枝は裸になり、野鳥撮影がし易くなる。ただ、外に出るのが面倒だ。

クルミの実　落とし様子見　リスの居り

　　散歩の時クルミの木の下を通るとクルミが落ち
て来る。リスである。木の下を通る人間の様子見
でワザとに実を落とすらしい。実の落ちた木の上
を見ると大抵リスを見つける事ができる。木の上
で腰を据えクルミにかじりついているリスを撮る。

（2019・12・28 撮影）

日高線　復旧かなわず　廃止なり

　道新第1面に日高線の鵡川—様似間の路線の来春の廃止正式決定の記事。他面に廃止の原因になった厚賀—大狩部間の高波被害の跡の写真が載っている。昨年12月に大狩部駅で空撮を行ったパノラマ写真のデータを処理し、道新の紙面を貼り付ける。

実を咥え　貯え場所の　品定め

　リスがクルミを咥えて走る。時々立ち止まり周囲
を点検している。どうやら今のうちからクルミを貯
える場所を探しているようだ。雪が積もれば周囲の
状況は一変するだろうに、秋口に貯蔵した場所を
憶えていられるとすればすごい記憶力である。

（2020・10・26 撮影）

幾百の　リスの動きて　紅葉木（こうようぎ）

　午後散髪に行き帰宅してから裏山で空撮。空撮パノラマ写真の天空部分に貼り付けるテーマの写真はリスということで、リスを色々撮ってみる。動き回るリスを望遠レンズで追いかけて撮るのは難しい。何とか撮れたものを選び出して貼り付ける。

83,000円

クラウドファンディング支援者のお名前
(敬称略 2020年10月31日現在)

(2020・10・18撮影)

CFの 支援者名載せ 爪句集

爪句集第45集の再校が届く。クラウドファンディング（CF）の支援も得ての出版で「あとがき」に支援者14名の氏名を印刷する。CFは今月末までで、現在目標額の83%が集まっている。「あとがき」余白に先週取材した留萌線の空撮写真を載せる。

空撮や
暦で開く

写真展

　印刷会社から 2021 年用のカレンダーの完成品が届く。年と共に空撮撮影の行動範囲が狭くなり、「北海道」と銘打っていても撮影場所が偏っている感じ。クラウドファンディング（CF）で出版支援金を集めていて残り 6 部ほどで CF は終わりとなる。

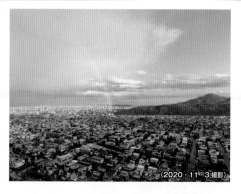

(2020・11・3撮影)

完全な　虹撮り損ね　楓撮る

　　今日は不安定な天気で雨が降ったり晴れたりで
虹の出る条件が揃い、虹が現れる。しかし、ドロー
ンを飛行させる時には虹は消えかかっていて、虹
のごく一部しか写真に撮れなかった。空撮写真の
天空部分には庭の楓や山歩きで撮った写真を貼る。

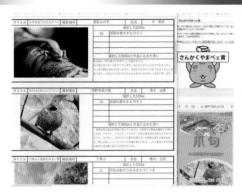

コンテスト　エゾライチョウが　賞を獲り

　札幌市西区主催の「西区SDGsフォトコンテスト」には入選を逃したものの上位の作品に「さんかくやまベェ賞」が与えられる。この賞に西野市民の森で撮影したエゾライチョウが選ばれた。「爪句＠西野市民の森物語」の表紙の類似写真である。

(2020・11・5 撮影)

空カメラ　天使の梯子　写したり

　日の出を遮っている雲間から放射状の光線が漏れ出して天使の梯子が現れる。梯子が消えないうちに庭でドローンを上げてその状態を撮影する。中の川沿いのナナカマドの紅葉が目立つ。この後の散歩時に撮影したリスやアカゲラを天空部分に貼る。

(2020・11・6 撮影)

色校や　表紙の駅の　チェックかな

　午前中共同文化社に出向き「爪句＠クイズ・ツー
リズム―鉄道編2」の色校をチェックする。今月中
旬に出版予定で第45集目の爪句集である。出版の
ための仕事は終わり、出版後はクラウドファンディ
ングの返礼品として郵送する仕事が残っている。

(2020・11・8 撮影)

散歩する　犬に追われて　リス逃げる

　木の上でも地上でもリスがクルミの実を確保するのに一生懸命である。そこに犬を散歩させる人が現われ、リードの無い状態の犬がリスに気がつく。リスを追い駆ける脚力のある犬でないけれど、やはりリスは警戒して逃げる。そこをどうにか撮る。

（2020・11・12 撮影）

空撮や　リス撮る並木　眼下見え

　空撮すると、リスをカメラで追いかけるクルミ並木が見えて来る。木の上のクルミの実がほとんど無くなって、地上に落ちた実を探すせいか、積雪の上をリスが走り回る。これを望遠レンズで捕らえるのは少々難しい。木の上のリスの方が撮り易い。

(2020・11・13 撮影)

空撮に 別撮りの秋 加えたり

　日の出時の朝焼けを空撮する。道路は雪が解け黒く写っている。新聞の天気予報では午前中曇り、午後は雨となっていてほぼ天気予報が当たる。午後雨が止んだところで庭に出て芝生の上に散った落葉、ブルーベリーの紅葉、紅紫檀の赤い実を撮る。

(2020・11・14 撮影)

リス撮りて　空撮つなげ　秋の雪

　最近は日毎の空撮パノラマ写真と別撮りの写真を組み合わせて作品を制作している。写真のテーマを決めていて、例えば今日はリスである。リスの写真が撮れると空撮に入る場合もある。リスが現われ動き回ってくれたお陰で空撮パノラマ写真が生きた。

霜落葉　迷彩色の　カケスかな

　霜で白くなった枯葉の上でカケスが餌を探している。カケスの体の色は枯葉をバックにして迷彩色のようである。これがカラスなら黒一色で返って目立つ。頭から首にかけての茶色、目や嘴、尻尾の黒、尻の辺りの白と周囲の色を取り込んでいる。

ＣＦの返礼品や爪句集

　共同文化社から爪句集第45集「爪句＠クイズ・ツーリズム―鉄道編2」が納品される。早速クラウドファンディング（CF）の返礼品としてレターパックを利用して郵送する。爪句集やカレンダーの出版をCFで行ってきて、これで10回目を数える。

2020年11月19日(木)

表紙にも　コースターにもなり　エゾライチョウ

　勉強会 on line eSRU で芳賀和輝君が講義した
レーザ彫刻に用いたエゾライチョウの写真は西野市
民の森で撮影している。クラウドファンディング
（CF）の支援で出版した爪句集の表紙にも採用した。
コースターは CF の返礼品には間に合わなかった。

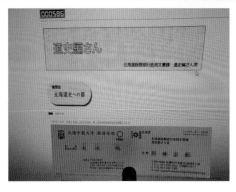

マスク着け　インタビュー受け　サッポロバレー

　道史編さん事業というのを初めて知る。北海道
150 年の節目の 2018 年から 10 年かけて北海道の現
代史を編さんする事業である。道史編さん室のS氏
と執筆予定者のI教授が来宅され「サッポロバレー」
の勃興に絡むインタビューをマスク着用で受ける。

2020年11月21日(土)

（2020・11・21 撮影）

コロナ禍や　冴えぬ夕焼け　日の終わり

　　午前中の雨は午後には止んだのでリスか野鳥が
撮れるかとクルミ並木の道まで行くが、どちらにも
出遭えなかった。スズメとドウダンツツジ、枯葉を
撮って帰宅。夕方少し夕焼け雲が見えたので庭で
空撮を行い、今日撮ったスズメ等を貼り付ける。

2020年 11月 23日(月)
勤労感謝の日

81	歳記念研究	「META」（OSの1技法）
82	歳記念研究	「監督未人物の立体化」
83	歳記念研究	「Hi-Alc・シミュレータの開発」
84	歳記念研究	「各種音響管理の妙径」
85	歳記念研究	「あおり幻記角全成」（予）

鬼籍人　ホストの我も　若かりし

　身辺の資料整理をぼちぼちやっている。捨てる前
にデジタルデータにしていて、元北大教授竹村伸一
先生の80歳からの1年間で1研究の成果の寄贈案
内が出てきた。先生にはSTVのパソコンラジオ講
座のゲストとして出演していただいた思い出がある。

2020年 11月 24日 (火)

(2013・11・17撮影。画面左端
桂元札幌市長、右端故服部君)

オンファロス　市長起業家　鬼籍人

　元札幌市長の桂信雄氏の訃報記事。桂氏が写る
パノラマ写真データを探し処理。故服部裕之君が
彫刻家イサム・ノグチ氏を当時の桂市長につなぎ、
同氏がモエレ沼公園を設計。氏のオンファロスの彫
刻を服部君が公園に寄贈する際、桂氏を撮っている。

(2020・11・25 撮影)

朝餉前（あさげ）　リスは実を食み（は）　日の出かな

　朝食前にクルミ並木の道で日の出の空撮を行う。空撮パノラマ写真ではカメラを日の出の明るさに合わせて設定すると周囲が暗く写り明るさ設定に苦心する。リスが動き回っていて、撮影者が朝食前なのにせっせとクルミの実を探し食べている。

(2020・11・30 撮影)

街の灯に　日の出野鳥と　オムニバス

　街の光が未だ残っている日の出前に庭で空撮。終日曇りの天気予報でも日の出が撮れた。庭で飛び回っているヤマガラを写す。仕事の区切りがついた昼時、クルミ並木の道でリスを探して撮る。カケスも目にしたがシャッターチャンスが生かせず。

自家製の

暦並べて

師走入り

今日から師走。自家製カレンダーの今年用と来年用を食器棚横の壁に並べてみる。来年用の1月の写真は、昨年の12月末に浦河町で宿泊したホテル近くで空撮を行ったもの。今年1年がコロナ禍で過ぎるとは、その時は露ほども思っていなかった。

(2020・12・2 撮影)

空撮や　今日一日の　記録かな

　朝、庭にアカゲラが来て枯れ木で餌探し。他の野鳥も来るかと待機していても現れず。それならばとクルミ並木まで出掛ける。いつものようにリスの姿を見つけ写真に撮る。空撮を行っている自分の姿も記録。野鳥には遭えず帰り道でカラスを撮る。

(2020・12・4撮影)

新設置　餌台に野鳥（とり）　雪霞

　　新聞の天気予報欄には曇りマークが見事に並ぶ
1日。朝食中に新しい場所に設置した餌台にヤマ
ガラやアカゲラが来るので食事を中断して野鳥撮
影。食事後、庭でドローンを上げ日の出を撮る。雪
がちらついているせいで遠景は霞んだように写る。

2020 年 12 月 6 日 (日)

(2020・12・6撮影)

帰還する　カプセルの飛ぶ　空続く

　今日未明「はやぶさ2」から分離されたカプセル
がオーストラリアの砂漠に無事着陸したようで、そ
の回収作業に入っている。写真の無い短い新聞記
事に目を通す。別刷りの道新に初代の「はやぶさ」
の写真があったので未明の空撮写真に貼り付ける。

(2020・12・6撮影)

カプセルの　回収知らず　日の出撮り

　道新第１面に回収した「はやぶさ２」のカプセル写真と共に記事が載る。宇宙を６年間、52億キロの旅を続けて地球に小惑星の土産を持ち帰ったとは驚きの快挙である。昨日の日の出の空撮を行っていた頃にはカプセルは砂漠の中で発見されていた。

廃駅の　墓標の如き　爪句集

　道新朝刊第1面に「JR無人18駅廃止」の見出
し記事。来年3月に廃駅になる駅の一つ、函館本
線伊納駅の駅舎写真が紙面に載っている。「爪句
@クイズ・ツーリズム─鉄道編」に「廃駅瀬戸際の
秘境駅」として採録していて廃駅が現実となる。

(2020・12・11 撮影)

雪まつり　コロナ禍に負け　初中止

　　道新の第1面に「雪まつり初の中止へ」の見出し
記事。コロナ禍で1950年の第1回以来初めての中
止となる。毎年この札幌の冬の風物詩を撮りにいっ
ていたので残念である。今朝の日の出写真に今年2
月の雪まつりの時のパノラマ写真を貼り付ける。

返礼品
よりそいマスク
着けて撮る

　10月31日のブログに支援者2名で20万1千円で終了したクラウドファンディング（CF）について書いた。1千円分が筆者の支援でこの事は忘れていた。郵便物が届いてCFの返礼品のマスクと礼状及びマスク寄贈活動のパンフレットが入っていた。

気温計　朝の散歩を　阻(はば)みたり

　窓の外の気温計を見ると針が－10℃のところに
来ている。いよいよ寒い冬の到来である。薄く雪の
積もった道路はテカテカで歩くと転びそうだ。寒さ
とこの路面を見ていると散歩に出掛ける気力が失
せる。居間から野鳥の無精撮りになりそうである。

（2020・12・17 撮影）

積雪に　比例期待し　支援金

　クラウドファンディング（CF）を新公開。プロジェクトは「爪句集を出版・寄贈して新しい写真文芸・爪句を普及させたい」である。この CF で出版予定の爪句集は第 46 集で「爪句＠今日の一枚─2020」。庭での空撮写真に CF の HP 画面を貼り付ける。

(2020・12・18撮影)

コロナ禍や　今年は消えて　降誕市

　コロナ禍で不要不急の街歩きを控えていて、し
ばらくぶりで大通公園まで行く。例年ならこの時期
大通公園はミュンヘンクリスマス市が開かれて賑
やかなのに、札幌の冬の風物詩は今年は見られな
い。保母さんに連れられた園児らが散歩していた。

(2020・12・21 撮影)

冬至日は　鳥影薄く　雪景色

　雪が少し積もったクルミの並木道で野鳥を探す
けれど遠くにヒヨドリが鳴いているだけで写真に撮
れず。並木道のパノラマ写真を撮る。近くでドロー
ンを上げ空撮を行う。空撮パノラマ写真に、地上
で撮影したパノラマ写真とその QR コードを貼る。

2020 年 12 月 22 日 (火)

(2020・12・22 撮影)

ご来迎　変わる天使の　梯子かな

　天気予報欄には晴れマークが並んでいるのに日の出の空には雲がある。日の出が始まる頃、庭でドローンを上げて空撮。陽が昇ってから雲間から漏れる光で天使の梯子が現れる。これを撮って日の出のパノラマ写真に貼り付ける。気温は高目である。

鳥果無く　ススキを撮りて　寒き朝

　果樹園の傍の道を散歩し、途中で空撮を行う。陽は出ていても天気予報ではこれから雪になる。野鳥を探してヒヨドリが飛んでいるのを目にするだけで、鳥果と呼べるほどの写真は撮れず。道にかかるようにしてあるススキを撮り空撮写真に貼る。

2020 年 12 月 29 日(火)

受賞作
睦月に置かれ
暦かな

（2019・1・19 撮影）

札幌市西区役所から「西区 SDGs フォトコンテスト 2021 Calendar」が送られてくる。コンテストの入賞作品がカレンダーに印刷されている。ドローンを飛ばし、三角山山頂から撮影した西区の雪景色の作品が入賞し、1 月の写真として採用されている。

2020 年 12 月 30 日 (水)

（2020・12・30撮影）

ビットコイン　相場満月　予知不能

　　今夜は満月。月が東の空に現れた頃、庭で空撮。
株価が高騰していて実体経済からの解離感がある
とテレビ報道。ビットコインも１週間で1BTC
236万円から293万円に高騰でこちらも異常相場
である。どこら辺が相場の満月か見当もつかない。

（2020・12・31 撮影）

コロナ禍の　年の終わりや　寒き朝

　大晦日は寒い朝となる。窓の外の気温計を見ると-15°のところに針が来ている。本州は寒波と大雪のニュースでも、札幌は雪は少ない。日の出近くなって庭で空撮を行う。厚い雲に日の出が阻まれている。コロナ禍の1年が過ぎようとしている。

あとがき

　本爪句集の原型になった「爪句@今朝の一枚」
（第12集）を出版したのが2011年9月である。
その後「爪句@今日の一枚」として毎日投稿して
いる、ブログの1か月分の記事から、17日分を
選び1月から12月まで、その年のブログ記事を
まとめた爪句集を毎年出版してきている。従って、
この形式の爪句集出版は本爪句集で10年続いて
いる事になる。

　毎日の出来事で記録に残しておきたいと思った
事柄についてのブログ記事なので、本爪句集は一
種の自分史のようになっている。個人的な自分史
なら、ブログに投稿しても読者は限られていて、
豆本といえども書籍の体裁にして出版しても、購
読者が多くはないのは最初から予想できる。

　そこで、ここ数年の爪句集出版に際しては、ク
ラウドファンディング（CF）を利用して、少し
でも購読者を増やそうとしている。爪句集出版前

に支援者を募ってリターン（返礼品）として出版した爪句集を郵送し、CF による爪句集の予約販売の形を取っている。しかし、支援者の数は両手に収まる程度である。CF は手続きが初体験者にはかなり面倒な事も、利用の難点の一つとして挙げられる。

　そこで本爪句集ではスマホで QR コードを読み込み、爪句集の代金を著者の口座に入金してもらう事を初めて試みる。入金と並行で、メールで指定された住所に爪句集を郵送して仕事は終わる。この爪句集代金決済は PayPay の利用を考えた。爪句集代金 500 円に郵送代 84 円の計 584 円に設定した振込先口座の QR コードをこの「あとがき」に印刷しておく。PayPay を利用していて、本爪句集の「あとがき」を目にして購入してみようかと思った読者がいる事を期待している。

　爪句集代金の振り込みをビットコイン（BTC）の口座を利用して行うのを意図して、爪句集第 34 集「爪句＠彫刻のある風景—札幌編」、第 35 集「爪句＠今日の一枚—2017」のそれぞれの「あ

とがき」にも BTC の口座の QR コードを印刷した事がある。しかし、この試みは完全に失敗だった。当時の BTC の相場で爪句集代 500 円を換算して 0.00033BTC、0.00063BTC と設定した爪句集代は、現在の 1BTC が 300 万円を超す相場では、それぞれ 990 円、1890 円を超してしまい、本の定価の意味がない。

今回は日本円での支払いなのでビットコインの相場のような変動を気にする事けない。読者が日頃 PayPay を利用していて、本爪句集を購入する気になればこれで事は済む、と考えていて落とし穴があるのに気がついた。

支払いのための PayPay の QR コードは爪句集に印刷されている。爪句集を購入した後でこのコードを読み取ってもすでに爪句集を購入しているのだから、代金を振り込む意味がない。2 冊目を購入する場合には良いかもしれないが、そのような読者は皆無だろう。

精々考えられる対応策は、爪句集購入前の PayPay コードの取得法として、著者の「秘境

100選—ver2」のブログの2021年1月27日の記事にアクセスして、記事の画像をクリックして全球パノラマ写真モード実行後に、天空に貼り付けられたPayPayのQRコードを読み取ってもらえると、爪句集の購入以前に振り込みコードにたどり着ける。そこで件のブログの画像をここに載せておく。画像にはめ込まれたQRコードを読み込んでブログ記事につないでから、前記のように全球パノラマ写真表示にする。そのパノラマ写真の画面から、PayPayのコードを読み取る実験が出来る。ただし、この実験ではスマホ2台かスマホ＋タブレット（PC）が必要になる。

PayPayに関しては最初北海道科学大学の三橋龍一教授に利用の仕方を教わり今回のアイデアとして生かしている。三橋教授とは、本爪句集にも取り上げている札沼線廃止に際して、偶然の最終ランにも同道できた事も思い出され、同教授に感謝する。同教授が指導する「北科大宇宙開発研究同好会」のメンバー、特に芳賀和輝君にはレーザ彫刻でCFのリターンを製作してくれた事やオン

ライン会議のやり方を教えていただいた事にお礼申し上げる。

福本工業（福本義隆社長）社員の山本修知氏は著者の外付けディスクの調子が悪くなった時、20日間もパソコンを動かし、データのレスキュー作業を行って頂いた事に感謝する。また、ドローンによる撮影にも同道していただき、お世話になった。

爪句集出版のCFはこれまで出版した爪句集の奇贈プロジェクトも兼ねていて、北海道大学大学院情報科学研究院の荒木健治教授には、同情報科学院図書室への爪句集寄贈に際してご尽力頂いた事に感謝する。本爪句集のCF支援者のお名前は「あとがき」の最後に記し、お礼としたい。本爪句集の製作に関わっていただいた㈱アイワードの関係者にはいつものようにお礼申し上げる。今回オンライン会議を利用して校正を行ったのも最初の試みで、オンラインの便利さを認識した。最後に、毎回の爪句集出版に際して妻の支援は欠かせないもので、妻の協力に感謝の言葉を記しておきたい。

(2021・1・27 撮影)

1円の　取引履歴　空に貼り

PayPay 送金（584円）
爪句集郵送先氏名・住所はメールで
（aoki@esilk.org）

本爪句集出版と寄贈 CF 支援者のお名前

（敬称略、支援順、2021 年 1 月 31 日現在、名前に続く
カッコ内は支援者指定の爪句集贈呈先）

相澤直子（浦河高校）、ak、三橋龍一（石狩市民図
書館）、青木順子（喫茶店ペロニ）、三上一成（様似
町図書館）、江口 修（小樽商科大学図書館）、荒木
健治（北大大学院情報科学研究院図書室）、里見英
樹（星槎道都大学図書館）、旭 克久（札幌大通高校）

著者：青木曲直（本名由直）（1941 〜）

北海道大学名誉教授、工学博士。1966 年北大大学院修士修了、北大講師、助教授、教授を経て 2005 年定年退職。e シルクロード研究工房・房主（ぼうず）、私的勉強会「e シルクロード大学」を主宰。2015 年より北海道科学大学客員教授。2017 年ドローン検定 1 級取得。北大退職後の著作として「札幌秘境 100 選」（マップショップ、2006）、「小樽・石狩秘境 100 選」（共同文化社、2007）、「江別・北広島秘境 100 選」（同、2008）、「爪句@札幌 & 近郊百景 series1」〜「爪句@クイズ・ツーリズム鉄道編 2 series45」（共同文化社、2008 〜 2020）、「札幌の秘境」（北海道新聞社、2009）、「風景印でめぐる札幌の秘境」（北海道新聞社、2009）、「さっぽろ花散歩」（北海道新聞社、2010）。北海道新聞文化賞（2000）、北海道文化賞（2001）、北海道科学技術賞（2003）、経済産業大臣表彰（2004）、札幌市産業経済功労者表彰（2007）、北海道功労賞（2013）。

≪共同文化社　既刊≫

〔北海道豆本series〕

1　爪句@札幌&近郊百景
　212P（2008−1）
　定価　381円＋税
2　爪句@札幌の花と木と家
　216P（2008−4）
　定価　381円＋税

3　爪句@都市のデザイン
　220P（2008−7）
　定価381円＋税
4　爪句@北大の四季
　216P（2009−2）
　定価476円＋税

5　爪句@札幌の四季
　216P（2009−4）
　定価476円＋税
6　爪句@私の札幌秘境
　216P（2009−11）
　定価476円＋税

7　爪句@花の四季
　216P（2010−4）
　定価476円＋税
8　爪句@思い出の都市秘境
　216P（2010−10）
　定価476円＋税

9　爪句@北海道の駅−道央冬編
　　P224（2010−12）
　　定価 476 円＋税

10　爪句@マクロ撮影花世界
　　P220（2011−3）
　　定価 476 円＋税

11　爪句@木のある風景−札幌編
　　216P（2011−6）
　　定価 476 円＋税

12　爪句@今朝の一枚
　　224P（2011−9）
　　定価 476 円＋税

13　爪句@札幌花散歩
　　216P（2011−10）
　　定価 476 円＋税

14　爪句@虫の居る風景
　　216P（2012−1）
　　定価 476 円＋税

15　爪句@今朝の一枚②
　　232P（2012−3）
　　定価 476 円＋税

16　爪句@パノラマ写真の世界−札幌の冬
　　216P（2012−5）
　　定価 476 円＋税

17 爪句@札幌街角世界旅行
224P（2012−7）
定価476円＋税

19 爪句@札幌の野鳥
224P（2012−10）
定価476円＋税

18 爪句@今日の花
248P（2012−9）
定価476円＋税

20 爪句@日々の情景
224P（2013−2）
定価476円＋税

21 爪句@北海道の駅−道南編1
224P（2013−G）
定価476円＋税

23 爪句@北大物語り
224P（2014−11）
定価476円＋税

22 爪句@日々のパノラマ写真
224P（2014−4）
定価476円＋税

24 爪句@今日の一枚
224P（2015−3）
定価476円＋税

25 爪句@北海道の駅
　　　－根室本線・釧網本線
豆本　100×74mm　224P
オールカラー
（青木曲直 著 2015−7）
定価 476 円＋税

26 爪句@宮丘公園・
　　　中の川物語り
豆本　100×74mm　248P
オールカラー
（青木曲直 著 2015−11）
定価 476 円＋税

27 爪句@北海道の駅
　　　－石北本線・宗谷本線
豆本　100×74mm　248P
オールカラー
（青木曲直 著 2016−2）
定価 476 円＋税

28 爪句@今日の一枚
　　　－2015
豆本　100×74mm　248P
オールカラー
（青木曲直 著 2016−4）
定価 476 円＋税

29　爪句@北海道の駅
　—函館本線・留萌本線・富良野線・石勝線・札沼線

豆本　100×74㎜　240P
オールカラー
（青木曲直 著　2016−9）
定価 476 円＋税

30　爪句@札幌の行事

豆本　100×74㎜　224P
オールカラー
（青木曲直 著　2017−1）
定価 476 円＋税

31　爪句@今日の一枚
　—2016

豆本　100×74㎜　224P
オールカラー
（青木曲直 著　2017−3）
定価 476 円＋税

32　爪句@日替わり野鳥

豆本　100×74㎜　224P
オールカラー
（青木曲直 著　2017−5）
定価 476 円＋税

33　爪句@北科大物語り
豆本　100×74㎜　224P
オールカラー
（青木曲直 編著　2017-10)
定価476円＋税

34　爪句@彫刻のある風景
　　　　—札幌編
豆本　100×74㎜　232P
オールカラー
（青木曲直 著　2018-2)
定価476円＋税

35　爪句@今日の一枚
　　　　—2017
豆本　100×74㎜　224P
オールカラー
（青木曲直 著　2018-3)
定価476円＋税

36　爪句@マンホールの
　　　　ある風景 上
豆本　100×74㎜　232P
オールカラー
（青木曲直 著　2018-7)
定価476円＋税

37 爪句@暦の記憶
豆本 100×74㎜ 232P
オールカラー
(青木曲直 著 2018-10)
定価476円+税

38 爪句@クイズ・ツーリズム
豆本 100×74㎜ 232P
オールカラー
(青木曲直 著 2019-2)
定価476円+税

39 爪句@今日の一枚
　―2018
豆本 100×74㎜ 232P
オールカラー
(青木曲直 著 2019-3)
定価476円+税

40 爪句@クイズ・ツーリズム
　―鉄道編
豆本 100×74㎜ 232P
オールカラー
(青木曲直 著 2019-8)
定価476円+税

41 爪句@天空物語り
豆本　100 × 74㎜　232P
オールカラー
（青木曲直 著　2019-12）
定価 455 円＋税

42 爪句@今日の一枚
　—2019
豆本　100 × 74㎜　232P
オールカラー
（青木曲直 著　2020-2）
定価 455 円＋税

北海道豆本 series43

爪句

TSUME-KU

@ 365日の鳥果

北海道大学名誉教授
北海道科学大学客員教授　青木　曲直

43　爪句 @ 365日の鳥果
豆本　100 × 74㎜　232P
オールカラー
（青木曲直 著　2020−6）
定価 455 円＋税

北海道豆本 series44

爪句

TSUME-KU

＠西野市民の森物語り

北海道大学名誉教授
北海道科学大学客員教授　青木 曲直

44　爪句＠西野市民の森物語り
豆本　100×74mm　232P
オールカラー
（青木曲直 著　2020−8）
定価455円+税

北海
北海道

45 爪句@？
—鉄道編

豆本　100 ×
オールカラー
（青木曲直 著
定価455円

北海道豆本 series45

句

TSUME-KU

クイズ・ツーリズム
－鉄道編２

大学名誉教授
学大学客員教授　青木　曲直

イズ・ツーリズム

74mm　232P

2020－11)
税